Yo, el Gran Fercho y el ladrón

Yo, el Gran Fercho y el ladrón

Marjorie Weinman Sharmat

Ilustraciones de Marc Simont
Traducción de Cristina Aparicio

GRUPO
EDITORIAL
norma

http://www.norma.com
Bogotá, Barcelona, Buenos Aires, Caracas, Guate-
mala, Lima, México, Miami, Panamá, Quito, San
José, San Juan, San Salvador, Santiago de Chile,
Santo Domingo.

Título original en inglés:
NATE THE GREAT GOES UNDERCOVER
de Marjorie Weinman Sharmat.
Originalmente publicado en inglés por Coward-Cann,
una división de The Putnam and Grosset Group.
Copyright © del texto 1972 por Marjorie Weinman Sharmat.
Copyright © de las ilustraciones 1972 por Marc Simont.

Copyright © 1995 para Hispanoamérica y los Estados Unidos
por Editorial Norma S. A.
A.A. 53550, Bogotá, Colombia.

Impreso en Colombia — Printed in Colombia
Impreso por Editora Géminis ltda.
Enero, 2007

Dirección editorial: María del Mar Ravassa
Edición: Cristina Aparicio
Dirección de arte: Julio Vanoy A.

CC 12026
ISBN 958-04-8644-1

A mi mavarilloso padre, Nate.

Yo, el Gran Fercho, soy un detective. Trabajo duro y descanso mucho.

Esta noche estoy descansando mucho del último caso.

Era mi primer caso nocturno. Empecé por la mañana antes del desayuno.

Saqué a mi perro, Lodo. Lodo es mi perro nuevo. Lo encontré en un parque comiéndose un panqueque viejo. Como a mí me encantan los panqueques, supe que era mi tipo de perro.

Vi a Oliverio salir de su casa. Oliverio vive en la casa de al lado.

Lodo y yo caminamos más rápido. Oliverio caminó más rápido todavía y nos alcanzó.

Él siempre nos alcanza.

Oliverio es un fastidio.

—Hay un ladrón de basura en el barrio —dijo Oliverio—. Alguien tumba el cubo de la basura todas las noches.

Necesito ayuda.

Oliverio sabe que yo soy detective. Sabe que soy un buen detective.

—Te ayudaré —le dije—. Yo, el Gran Fercho, te ayudaré a recoger la basura.

—Esa no es la clase de ayuda que yo necesito —dijo Oliverio—. Quiero saber quién se está robando la basura todas las noches.

—Eso es muy fácil —dije—. Alguien que tiene hambre se está robando la basura.

Alguien muy hambriento y soñoliento. Alguien que tiene sueño porque se levanta todas las noches a tomar tu basura.

—¿Conoces a alguien hambriento y soñoliento? —preguntó Oliverio.

—Sí, yo —dije—. Yo, el Gran Fercho, encontraré al ladrón de basura después del desayuno.

Lodo y yo regresamos a casa. Preparé un panqueque gigante y le di un poco a Lodo.

Después salimos y le dije a Lodo:

—Yo haré las preguntas mientras tú
olfateas. Si olfateas algún olor a basura,
avísame.

Vi a Rosa caminando por la calle con
sus gatos. Rosa no se veía hambrienta ni
soñolienta.

Se veía como siempre: Extraña.

Mientras Lodo olfateaba, yo le hablé a Rosa.

—¿Rosa, tú comes basura?

—Hay dos mil cosas que comería antes de comer basura. Comería hamburguesas, helado, dulces, pepinillos, plátanos, papas fritas, bizcochos, ensalada, buñuelos, fideos, cubos de hielo, hierbabuena…

Rosa siguió hablando, pero yo no tenía tiempo para oír la lista de las dos mil cosas. Así que seguí caminando.

—Rosquillas, alcachofas, lentejas, pudín de chocolate, sopa de verduras, nueces…

Rosa tenía dos mil razones para no robarse la basura de Oliverio. ¿Pero sus gatos?

Me devolví a donde Rosa.

—Coliflor, galletas, chuletas de cordero —dijo—, maní, ensalada de huevo…

—Perdón —interrumpí—. ¿Tus gatos comen basura?

—No —dijo Rosa—. Mis gatos comen
comida para gatos,
   queso, atún, leche, torta de
   salmón, pastel de hígado…
   Me fui.

Decidí buscar a Esmeralda. Esmeralda siempre tiene la boca abierta. O tiene hambre o va a bostezar.

La vi sentada frente a su casa.

Lodo olfateaba mientras que yo hablaba.

—¿Tú te levantas por la noche para ir a escarbar la basura de Oliverio? —pregunté.

—Yo nunca me acercaría a nada que le perteneciera a Oliverio —dijo Esmeralda—. Me podría seguir.

Ahora sabía por qué Esmeralda siempre tiene la boca abierta: Porque dice cosas sabias.

Me había dado una pista importante.

Ninguna persona se acercaría a Oliverio
o a su basura. Oliverio es demasiado
fastidioso.

Lodo y yo regresamos a casa y Oliverio
llegó. Oliverio siempre viene a mi casa.

Lodo olfateó a Oliverio y yo le di un panqueque a Lodo.

—¿Ya resolviste el caso?

—preguntó Oliverio.

—En parte —dije.

—¿Cuál parte? —preguntó.

—Yo, el Gran Fercho, ya descubrí quién no se robó la basura. No fue una persona quien se la robó.

—Entonces, ¿quién fue?

—preguntó Oliverio.

—Esa es la parte del caso que aún me falta por resolver

—le dije.

—¿Tienes alguna sospecha?

—Yo, el Gran Fercho, digo que el que se está robando tu basura es un animal o un pájaro. Un animal o un pájaro que sale de noche. Investigaré qué es y luego regresaré.

A veces yo, el Gran Fercho, también necesito ayuda. Así que fui a la biblioteca y leí sobre los pájaros que salen de noche.

Se llaman Estrigiformes y
Caprimulgiformes.

Escribí los nombres en un papel, pero
después los taché.

No creo que unos pájaros con esos
nombres se comerían algo llamado basura.

Luego leí sobre gatos, ratas, murciélagos, ratones, mofetas, mapaches, zarigüeyas y topos.

Todos estos animales salen en la noche.

Leí sobre lo que les gusta y lo que no les gusta.

Luego fui a mi casa y Oliverio vino a verme. Cuando Oliverio llegó le dije:

—Un gato, una rata, un murciélago, un ratón, una mofeta, un mapache, una zarigüeya o un topo se está robando tu basura.

—¿Cuál de todos? —preguntó Oliverio.

—No lo sé. Pero esta noche yo, el Gran Fercho, lo averiguaré.

Le dejé una nota a mi mamá.

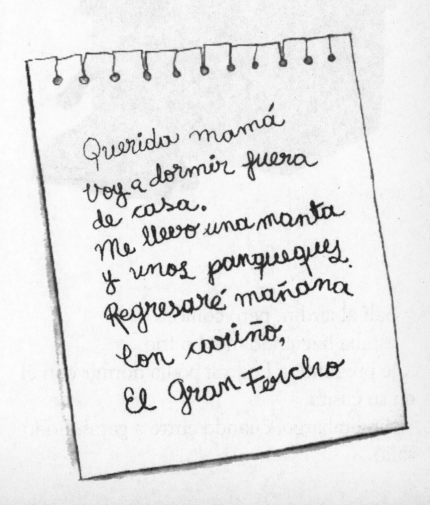

Querida mamá
Voy a dormir fuera de casa.
Me llevo una manta y unos panqueques.
Regresaré mañana
Con cariño,
El Gran Fercho

Salí al jardín, pero como
estaba haciendo mucho frío
le pregunté a Lodo si podía dormir con él
en su casita.

Sin embargo, cuando entré a gatas, Lodo
salió.

Era una perrera pequeña. Miré por la ventana, pero no puede ver el cubo de la basura de Oliverio.

Salí a gatas de la perrera y le dejé un panqueque a Lodo.

¿Dónde me podía esconder? Infortunadamente, yo, el Gran Fercho, sabía dónde me podía esconder. Dentro del cubo de la basura.

El trabajo de detective no es sólo juego y diversión.

A veces un detective tiene que dormir en cubos de basura sucios, en vez de en camas limpias.

A veces un detective tiene que dormir en medio de cáscaras de plátano, trapos, cartones de leche, barreduras, ceniza y pulgas, metido en un cubo.

Levanté la tapa para echar una mirada.
La calle estaba en silencio. De pronto oí un
ruido: ¡*Cronch, crac, clunk*! El sonido venía
de muy cerca.

Luego descubrí que quien hacía el ruido
era yo.

Cada vez que me movía hacía ruidos.
Se me ocurrió un nuevo plan. Uno
mejor. Así que levanté la tapa y salí.

No iba a esperar al ladrón de basura.
Saldría a buscarlo.

Caminé en silencio calle abajo.

Miré hacia la derecha y hacia la izquierda y hacia atrás.

Derecha, izquierda, atrás.

Derecha, izquierda, atrás.

De repente: ¡*Pum*! Algo grande me golpeó. Estaba enfrente de mí. Era el único lado que se me había olvidado mirar.

Creo que al poste de teléfono no le pasó
nada, así que seguí caminando y mirando.

Derecha, izquierda, atrás, adelante.

Derecha, izquierda, atrás, adelante.

Por fin llegué a un parque.

A los animales les gustan los parques.

Allí vi un animal.

Yo, el Gran Fercho, estaba de suerte. Me acerqué gateando cautelosamente.

Yo, el Gran Fercho, estaba de malas. Era una mofeta.

Empecé a retroceder, pero vi que había cosas en el suelo cerca de la mofeta. Me pareció que era basura. Entonces avancé para ver mejor.

Al llegar vi que sí era basura.

En ese momento la mofeta me vio, pateó el suelo y levantó la cola.

Yo, el Gran Fercho, salí corriendo, pero no corrí lo suficientemente rápido. Sin embargo, el caso estaba resuelto. La mofeta era el ladrón de basura.

Regresé a casa, le escribí una nota a Oliverio y la puse en su buzón.

Querido Oliverio,
Yo, el gran Fercho, descubrí
quién robaba tu basura.
Era una mofeta. Yo, el gran
Fercho, sé cómo deshacerse
de una mofeta. Pon una
lata con naftalina cerca
de la basura.
A las mofetas no les gusta
el olor de la naftalina.
Esto lo aprendí en la
biblioteca. A mí no me
gusta el olor de las
mofetas. Esto lo aprendí
en el parque.
Sinceramente
El gran Fercho

Aún no había amanecido, pero yo sabía que había algo que debía hacer inmediatamente.

Tenía que bañarme y me alegró que el agua estuviera caliente. De hecho, así fue como pasé gran parte del día siguiente.

Por la mañana Oliverio vino a mi casa.

—El caso todavía no está resuelto
—dijo—. El cubo de la basura está
volteado otra vez.

—Imposible —dije.

—Ven a ver mi basura —dijo Oliverio.
Yo, el Gran Fercho, he tenido mejores
invitaciones.

Sin embargo, fui a ver.

El cubo de la basura estaba volteado.

—Y aquí está la lata con naftalina
—dijo Oliverio—.

Entonces ¿quién es el ladrón de basura?
—preguntó.

—Yo, el Gran Fercho, lo averiguaré, no
importa cuánto tiempo me tome ni cuántos
baños sean necesarios.

Regresé a mi casa y Lodo me siguió. Él estaba olfateando mucho. Pero yo, el Gran Fercho, tenía que sentarme a pensar cuál pista se me había escapado.

Le di un panqueque a Lodo, pero él lo ignoró. Me parece que él también estaba pensando.

Yo pensé mucho y mucho más. Hasta que supe cuál era la pista que se me había escapado.

Sólo necesitaba las pruebas. Así que le dejé una nota a mi mamá y me fui a buscarlas.

Querida mamá
Estaré donde el
vecino esta noche.
Llevaré una manta.
Regresaré.

Con cariño
El gran Fercho

Busqué el cubo de la basura y me metí adentro. Puse la tapa, pero dejé espacio para poder ver y respirar. Sabía que eso era importante.

Esperé un rato, pero no pasó nada. De pronto alguien se acercó al cubo de la basura y quitó la tapa que cayó al suelo.

Alguien miró adentro.

"Alguien" era Lodo.

Lodo se sorprendió al verme. Pero yo, el Gran Fercho, estaba esperando ver a Lodo. Yo sabía que él era el ladrón de basura. Y además sabía por qué.

Lodo estaba hastiado de mis panqueques. No entiendo cómo puede alguien hastiarse de panqueques. Sin embargo, Lodo estaba con hambre y por eso buscaba su propia comida.

Lo llevé de regreso a casa.

Le di un hueso y un plato de comida para perros.

Algún día Lodo será un excelente detective, cuando aprenda olfatear a más y a robar menos.

Quería tomar un baño, pero estaba muy
cansado.

Quería escribirle una nota a Oliverio,
pero estaba muy cansado.

Yo sé que Oliverio vendrá mañana.
Oliverio siempre viene. Ahora estoy
descansando.

Puedo oír los sonidos
de la noche, y puedo oír
los sonidos crocantes del hueso
que Lodo está mordiendo.

Mi primer caso nocturno ya terminó. Tal
vez sea mi último caso nocturno.

Yo, el Gran Fercho, estoy cansado.